W9-AOS-007

CUANDO LOS GRANDES ERAN PEQUEÑOS

RUBÉN DARÍO

GEORGINA LÁZARO *Ilustrado por* LONNIE RUIZ

LECTORUM
PUBLICATIONS, INC.

Ya que lejos de mí vas a estar,
guarda, niña, un gentil pensamiento
al que un día te quiso contar
un cuento.

— RUBÉN DARÍO

Para Isa y Tere

— G.L.

Para Lucila y Luciana

— L.R.

Library of Congress Cataloging-in-Publication Data

Names: Lázaro León, Georgina, author. | Ruiz, Lonnie, illustrator.

Title: Rubén Darío / Georgina Lázaro ; ilustrado por Lonnie Ruiz.

Description: Lyndhurst, NJ : Lectorum Publications, Inc., 2016. | Series: Cuando los grandes eran pequeños

Identifiers: LCCN 2016028304 | ISBN 9781632456410

Subjects: LCSH: Darío, Rubén, 1867-1916--Childhood and youth--Juvenile literature. | Authors, Nicaraguan--20th century--Biography--Juvenile literature.

Classification: LCC PQ7519.D3 Z7436 2016 | DDC 861/.5--dc23

LC record available at https://lccn.loc.gov/2016028304

ISBN 978-1-63245-641-0

10 9 8 7 6 5 4 3 2 1

Printed in Malaysia

Porque está linda la mar
y me trae un verso el viento,
por la esencia del azahar,
por el soplo de tu aliento…

Por un bello cisne azul,
por la alondra de tu acento,
por aquella flor de luz,
te voy a contar un cuento.

Esta es la historia de un niño
que se llamaba Rubén,
de voz pura como armiño,
lustrosa como el satén.

Era rollizo y moreno.
Compartía con su mamá
un lugar bello y sereno
bajo el cielo tropical.

Rosa, triste, se asomaba
escudriñando el palmar.
Su dolor disimulaba,
se escondía para llorar.

Su matrimonio reciente
había llegado a su fin.
Le dolía que un padre ausente
tuviera su pequeñín.

Pero él, ajeno a ese drama,
corría por el chaparral
persiguiendo entre las ramas
algún pequeño zorzal.

La cresta del gallo rojo
le parecía una amapola;
la manigua, ante sus ojos,
multicolor aureola.

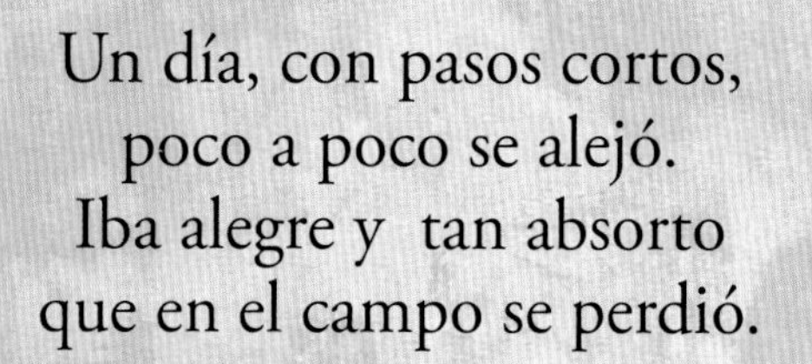

Un día, con pasos cortos,
poco a poco se alejó.
Iba alegre y tan absorto
que en el campo se perdió.

“La laguna, los caimanes…”
se preocupó su mamá.
“Hay espinas, alacranes…”
y corrió hacia el platanal.

Al fin lo hallaron sentado
entre vacas y becerros.
Bajo un sol tibio y dorado
hacía sonar el cencerro.

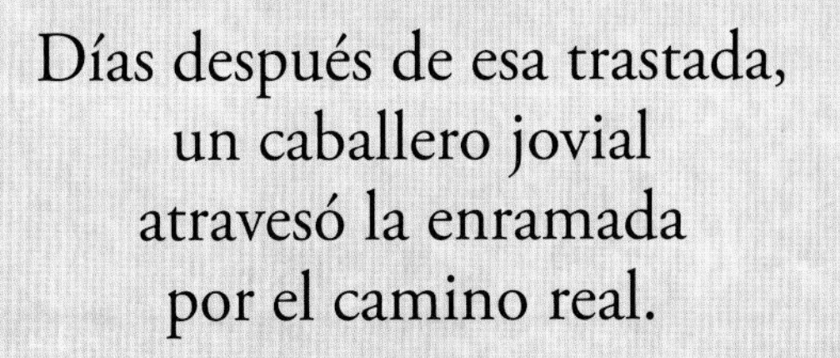

Días después de esa trastada,
un caballero jovial
atravesó la enramada
por el camino real.

Tomándolo entre sus brazos
con un gesto paternal,
le dio un beso y un abrazo
como el néctar del panal.

Era el coronel Ramírez,
padrastro de su mamá.
Pronto serían muy afines
y lo llamaría Papá.

A la mañana siguiente,
juntos en una montura,
dejaron el verde ambiente
cruzando entre la espesura.

Y, al fin, un bello vergel:
una ciudad muy hermosa
y el hogar que el coronel
compartía con su esposa.

En el antiguo portal,
dichosa, doña Bernarda,
cariñosa y maternal
lo recibió entre sus faldas.

Lo quisieron como al hijo
que no pudieron tener.
Su hogar fue dulce cobijo,
armonía, amanecer.

En las noches le leían
hermosos libros de cuentos.
Envuelto en su fantasía
las letras fue descubriendo.

Por eso, aún muy pequeño,
Rubén aprendió a leer.
Así, entre asombro y ensueño,
la lectura era placer.

Una maestra vecina
lo inició con la cartilla,
juntando la disciplina
con dulces y con rosquillas.

Con frecuencia revolcaba
el arcón buscando libros.
Enormes botas calzaba
desafiando el equilibrio.

“Pero, ¡qué niño travieso!”.
“No se está quieto este niño”.
Bernarda le daba un beso.
Don Félix le hacía un guiño.

A la hora del reposo,
en la hamaca del pasillo,
con su gallina, mimoso,
descansaba aquel diablillo.

Con don Félix aprendió
a montar con gracia y brío,
y junto a él conoció
volcanes, lagos y ríos.

Le enseñó lo que era el hielo,
le obsequió un acordeón.
Rubencito era su cielo,
era su luz, su canción.

Por el amor y el agrado
que hacia el niño sentía,
sintiéndose afortunado,
lo hizo retratar un día.

Ante el cajón asombroso,
"Mira el pajarito", dijo.
Y allí quedó luminoso
el retrato de su hijo.

Con Goyito iba a las fiestas
y jolgorios populares.
Le encantaban las florestas
de fuegos artificiales.

Su niñera, la Serapia,
le hacía cuentos de terror.
Las lechuzas en las tapias
aumentaban su pavor.

Leyendas de aparecidos,
de caballos desbocados,
de fantasmas, de alaridos
y monstruos descabezados.

Le atraían, le gustaban,
las oía con emoción.
El misterio le inspiraba
pánico y fascinación.

Un día don Félix murió.
Su juego se volvió triste.
La pena su alma nutrió
como al pájaro el alpiste.

Estudiaba poco y mal.
¿Gramática, geografía…?
Quería estar solo y soñar;
leer cuentos y poesías.

Las letras se convirtieron
en sus mejores amigos.
Lo abrazaron, lo acogieron
como una manta, un abrigo.

En el umbral de la puerta
con un libro se sentaba
y las flores de la huerta
con sus notas coloreaba.

Soñaba con blancas aves,
con princesas de alabastro,
con telas ricas y suaves,
con diamantes y con astros.

Los domingos, con Bernarda,
iba a la iglesia dichoso.
Le atraían las campanas
y los himnos religiosos.

La rima de las plegarias,
de los cánticos y rezos
cambió su vida ordinaria,
fue en su alma como un beso.

Despertó su don poético
e imprimió un ritmo en su voz.
Fue como un sueño profético,
como un hallazgo precoz.

Empezó a escribir poesías
espontáneas, naturales,
colmadas de melodías,
rítmicas y musicales.

Sólo doce años tenía
cuando un diario de León
le publicó una poesía
que anunció a todos su don.

Comenzaron a admirarlo.
Alcanzó fama y prestigio.
Empezaron a llamarlo
"niño poeta" y "prodigio".

A esa edad se enamoró
de un ángel rubio y hermoso,
de alegre risa punzó
y ojitos maravillosos.

Amor callado y gentil
que incendió su inspiración.
Breve idilio juvenil
que rompió su corazón.

Luego, en el circo ambulante,
llegó su segundo amor,
que entre luces y elefantes
fue un bálsamo sanador.

Hortensia, en la cuerda floja,
con sus saltos prodigiosos,
le hizo olvidar su congoja.
Se sintió otra vez dichoso.

Iba al circo cada día.
Quiso trabajar en él.
Con el circo ella se iría.
No la volvería a ver.

Su vida de peregrino
comenzó un año después.
Managua fue su destino
al final de su niñez.

Allí, en la gran biblioteca,
consiguió una posición.
Leyó de la A a la Z
con empeño e ilusión.

Su cultura se hizo extensa,
rico su vocabulario.
Pasó de niño poeta
a poeta extraordinario.

El joven meditabundo
escribía cada día.
Su cantar se hacía fecundo;
su verso, grata armonía.

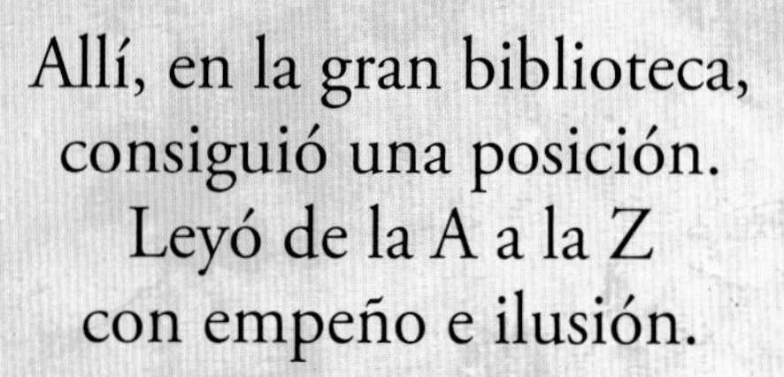

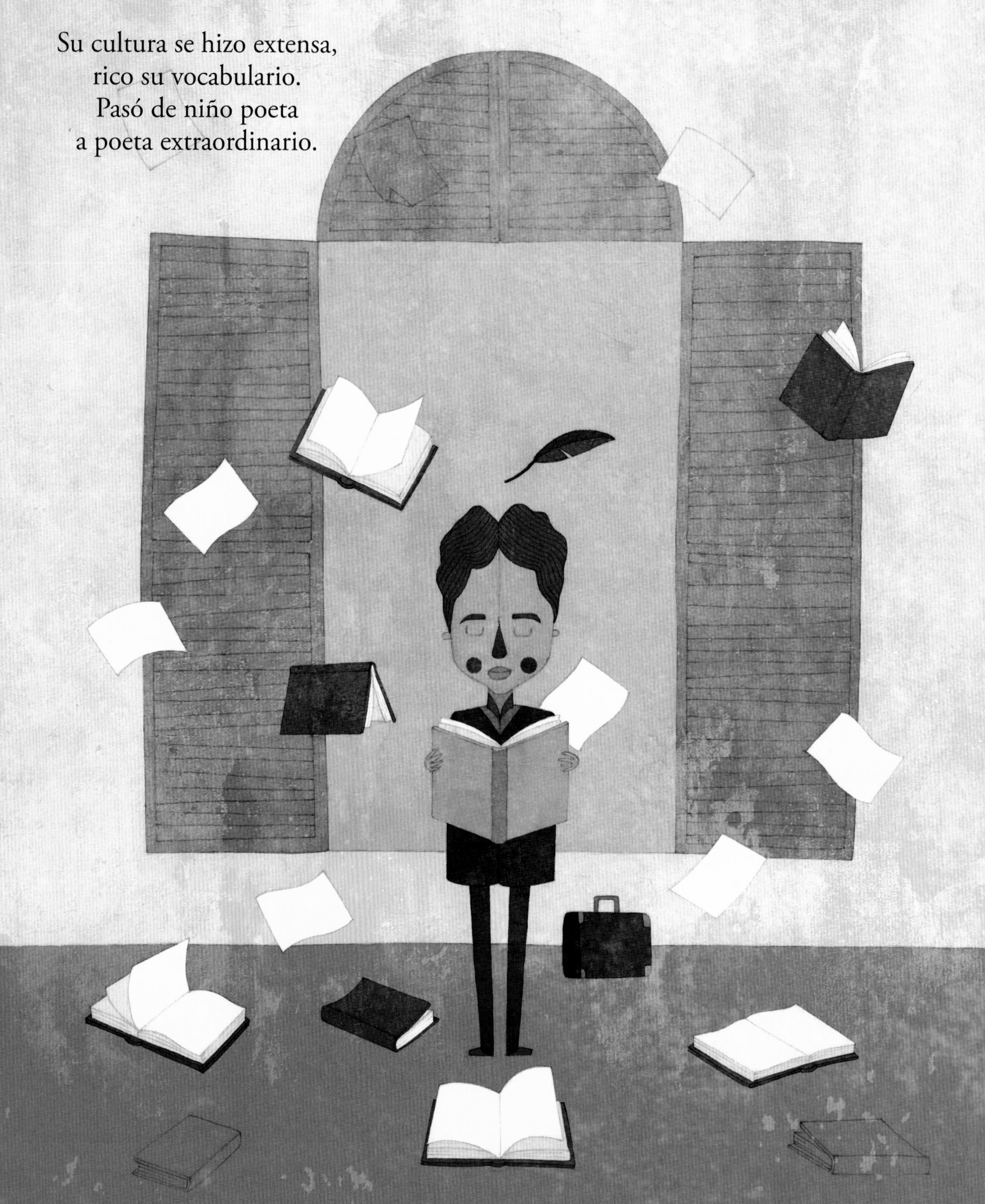

Una noche en una fiesta
escuchó una dulce voz.
El amor fue la respuesta.
Otra vez se enamoró.

Quiso casarse con ella,
el romántico febril.
Lo alejaron de su estrella,
de su Venus juvenil.

Y continuaron sus viajes,
sus amores, sus lecturas.
Entre logros y homenajes
escribía con locura.

Así creció y se hizo hombre
entre libros y papeles.
Así dio brillo a su nombre,
así anunció sus laureles.

Ensayó todas las formas:
oda, romance, elegía…
Alteró todas las normas.
Creó una nueva poesía.

Su lira fina y brillante
conmovió mentes y plumas,
como la luz de un diamante,
como una flor que perfuma.

Hoy recordamos sus versos
y sigue linda la mar,
se ilumina el universo
y el aire huele a azahar.

Por él hoy brilla una estrella
y hay perlas en el rocío.
Su verso dejó una huella.
Su nombre es Rubén Darío.

¿TE GUSTARÍA SABER MÁS?

Félix Rubén García Sarmiento nació el 18 de enero de 1867 en Metapa, Nicaragua. Sus padres, Manuel García y Rosa Sarmiento, se habían separado cuando nació el niño, que vivió con su madre durante sus primeros años en San Marcos de Colón, Honduras.

Cuando tenía dos años, el coronel Félix Ramírez lo llevó a vivir a su casa en la ciudad de León en Nicaragua. Él y su esposa, Bernarda Sarmiento, tía y madre adoptiva de Rosa, lo criaron como sus verdaderos padres.

Fue un lector precoz y pronto empezó a escribir sus primeros versos. Era muy creativo y poseía una retentiva genial. Animaba las reuniones sociales y actos públicos recitando a los poetas franceses y sus propias composiciones. Cuando Rubén tenía trece años ya algunos periódicos y revistas publicaban sus poemas. A los catorce años proyectó publicar un primer libro, *Poesías y artículos en prosa,* y fue reconocido en Managua por sus habilidades literarias y artísticas, como un prodigio.

Le gustaba la música y se entretenía dibujando y escribiendo, pero nunca fue un buen estudiante. Era desaplicado y se sentía inepto para las ciencias y las matemáticas. Por eso, y para contribuir a la economía familiar, después de la muerte de su padre adoptivo, renunció a seguir estudios académicos y se convirtió en autodidacta. Por su asombrosa memoria y su poder de asimilación, adquirió a través de los libros una extraordinaria cultura. La Biblioteca Nacional, en donde trabajó a los quince años, se convirtió en su universidad.

Desde muy joven comenzó a forjarse un nombre dentro del periodismo y la poesía. A los veinte años publicó *Abrojos* y un año más tarde *Azul,* considerada por muchos como la obra que inició el movimiento literario conocido como Modernismo y que le granjeó un enorme y repentino reconocimiento por su verso magnífico y brillante. Otras de sus obras son *Prosas profanas y otros poemas, Los raros* y *Cantos de vida y esperanza.* También escribió para los niños hermosos cuentos y poemas entre los que se encuentra *A Margarita,* una bella historia escrita en estrofas de cuatro versos octosílabos, que riman unos con otros de la forma en que riman los versos de este libro.

Rubén Darío, llamado *príncipe de las letras castellanas,* fue un poeta enamorado del amor y de la vida. Creó una poesía refinada, elevada e innovadora, juguetona y novedosa, colmada de referencias mitológicas, de elementos decorativos y resonancias musicales, que incluye todos los temas, todos los tonos, que ensaya todos los metros y estrofas, y está llena de metáforas finas, nuevas armonías, ritmo preciso y musical, fantasía exuberante e imágenes reveladoras. Su influencia en los poetas de principios de siglo, tanto en España como en América, fue inmensa.

Su fama lo llevó a muchos países de América y Europa. En 1915 regresó a Nicaragua a causa de la Primera Guerra Mundial y murió al año siguiente en León a los 49 años.